Avrei voluto ricevere i no. Mi sarebbero serviti i no dati alla mia arte. Sarei cresciuto con quei no. Avrei dato fondo alla mia creatività per imparare meglio e di più.

Avrei fatto diventare quei no dei sì, almeno uno l'avrei fatto diventare sì. Invece non ne ho ricevuto mai. E non è stato un bene e men che mai una fortuna. Non li ho avuti perché non ho mai chiesto a nessuno di guardare la mia opera. Nessuno sapeva della mia esistenza al di fuori dei miei affetti.

Non ho mai lottato per la mia arte, la mia scrittura è rimasta in silenzio per quasi tutta la mia vita. Nascosta nell'angolo più buio e profondo dell'anima è rimasta lì in coma vigile, testimone muta della mia vigliaccheria.

Misero codardo, giovane imbecille ho lasciato agli altri il potere di decidere il mio percorso. Ormai è tardi, troppo vecchio e stanco. Disilluso nella mente e fiacco nel cuore, posso solo rimanere il codardo che sono sempre stato. La mia miserabile vanità si solletica con quei tre quattro mi piace e tanto sarà sufficiente. Ma non evito il rimpianto del se fosse stato. Cammino curvo sotto il peso del tempo e gli occhi lucidi li riservo solo allo specchio.

Sergio e Ornella

Sergio e Ornella si conoscono fin dai tempi della scuola, il caso ha voluto che fossero nella stessa classe in prima media e da lì in avanti sono sempre stati uniti. Amici come raramente accade tra un uomo e una donna.

Un'amicizia rara la loro per quanto era intensa e profonda, a volte giocata sul filo del corteggiamento senza un vero scopo, in altri momenti invece era il rifugio sicuro per le confidenze più intime; erano capaci di dirsi quelle cose che nessuno dei due avrebbe mai confessato a qualcun'altro.

Hanno vissuto in costante e quotidiano contatto l'infanzia, l'adolescenza e l'età adulta; sempre insieme, sempre vicini, al punto che non era stato raro che qualcuno pensasse che invece dell'amicizia ci fosse ben altro fra loro. Così come è accaduto che avessero dovuto fronteggiare momenti di gelosia dei loro amori giovanili. Comprensibile da parte dei loro partner la gelosia, che però sfumava quando loro due riuscivano a fare chiarezza, la loro sincerità era disarmante.

Hanno vissuto l'intera viva avendo sempre come riferimento l'uno per l'altra.

All'età di 30 anni Ornella si è sposata e ovviamente Sergio è stato il suo testimone, cosa ricambiata da Ornella due anni dopo per il matrimonio di Sergio.

Le loro vite erano simili, chissà probabilmente senza nemmeno rendersene conto ognuno dei due aveva indirizzato la vita dell'altro al punto di fare lavori simili, sposarsi a poca distanza di tempo, separarsi altrettanto similmente. Nessuno dei due ha avuto figli.

«Ornella ti rendi conto che siamo praticamente gemelli da sempre?»

«Si in effetti»

«A proposito hai già presentato la domanda della pensione?»

«Si l'ho fatta la settimana scorsa. Certo che sei rincoglionito con la vecchiaia eh. Te l'avevo già detto»

«Azz è vero. Ahaha. Mi sa che hai ragione, mi sto rincoglionendo. Ahahah». La risata fu di entrambi, così come hanno condiviso qualsiasi altra cosa negli ultimi 60 anni.

Eppure mai una volta hanno superato il confine dell'amicizia per entrare nel territorio della coppia. Nonostante ciò sono stati più coppia loro che tanti mariti e mogli.

Era una mattina di marzo, il cielo grigio prometteva pioggia e Ornella voleva dire a Sergio che quel giorno non sarebbe andata a pranzo da lui perché non si fidava ad uscire in macchina con il rischio della pioggia. Timori che gli anziani a volte nutrono per via della consapevolezza che il loro fisico e la mente non sono più agili come un tempo.

Il telefono ha squillato inutilmente sino a chiudere la chiamata e questo per almeno quattro volte. Ornella non è preoccupata, conosce bene Sergio e sa che a parte essere un diventato un pochino sordo, spesso dimentica dove ha messo il telefono oppure tiene il volume della suoneria troppo basso. Insomma, quelle piccole dimenticanze di cui spesso gli anziani sono vittime senza accorgersene.

Sa che quando prenderà il telefono e vedrà le chiamate perse Sergio la richiamerà. E così avviene infatti due ore dopo.

«Pronto»

«Ciao Ornella, scusa ma...»

«Si lo so. Tranquillo. Ascolta, volevo dirti che non vengo a pranzo, che fra poco viene a piovere»

«Si in effetti manca poco, pure secondo me»

«Ci sentiamo più tardi. Se spiove decidiamo se vederci di pomeriggio»

«Ok capa». E risero insieme, come hanno fatto già milioni di volte.

Nel pomeriggio invece, nessuno dei due chiamò l'altro e così fu pure l'indomani e nei giorni a venire.

La settimana successiva il trafiletto nel giornale locale riportava due notizie simili "*Ritrovato anziano deceduto in casa da diversi giorni. A fare la scoperta sono stati gli agenti della polizia chiamata dai vicini insospettiti dal forte odore che proveniva dall'appartamento"*.

Se ne sono andati così, insieme come hanno vissuto.

Uniti e separati nel contempo, eppure solo ognuno dei due.

La principessa rapita

C'era una volta un re che aveva una figlia bellissima, tutti i nobili del reame desideravano averla in sposa per se stessi o per i loro figli in età da matrimonio.

Tra questi pretendenti il più ostinato era un barone, vedovo senza figli e di almeno venti anni più vecchio della principessa.

Il re che amava molto la figlia, aveva più volte rifiutato le proposte di matrimonio del barone, nonostante le sue sempre più generose offerte di regali.

Ad ogni rifiuto il barone si intestardiva sempre più e inventava piani e complotti per eliminare la concorrenza degli altri corteggiatori.

Finché un giorno decise di rapire la principessa, sperando che questo avrebbe fatto cedere il re a dargli in sposa la principessa.

Il barone non era davvero innamorato della principessa, il suo scopo era diventare re a sua volta dopo la morte del suocero.

Ma le sue ambizioni erano mortificate dai continui rifiuti del re che non aveva mai acconsentito perché sapeva che la principessa non lo amava e mai l'avrebbe amato e aveva capito inoltre, che l'interesse del barone era solo per il trono.

Quindi, dopo avere ricevuto l'ennesimo rifiuto il barone aveva fatto rapire la principessa dai suoi scagnozzi e l'avevano rinchiusa in posto segreto che conoscevano soltanto loro e il barone.

Quando il re fu avvisato del rapimento e del ricatto del barone "concedetemi la mano della principessa e di certo lei sarà liberata" non ebbe dubbi e nemmeno incertezze, lui era il re e sua figlia la principessa quindi il barone doveva essere arrestato e costretto a confessare dove la giovane era rinchiusa.

Infatti i soldati lo misero in catene e a furia di frustate e torture cercavano di ottenere la confessione, ma il barone non cedeva, non intendeva affatto arrendersi e preferì morire portando con sé nella tomba il suo segreto.

Le ricerche per trovare la principessa furono disperate e

coinvolsero tutti i soldati del re che cercarono in ogni angolo del regno, ma della principessa non c'era traccia.

Passarono i mesi e anche gli anni senza che della principessa si avessero notizie, ormai tutti si erano convinti che la giovane fosse morta e la disperazione del re fu tale che invecchiò precocemente e in malinconia.

Era una giornata di sole e Eurisio aveva portato al pascolo il suo minuscolo gregge, due pecore e una capra erano tutta la sua ricchezza; la sua giovinezza era ormai sfiorita ma non era proprio avanti negli anni, era un uomo che di esperienza nella vita ne aveva fatta un bel pò e non credeva più nella fortuna o nel suo contrario, sapeva che la vita andava per conto suo nonostante la volontà degli uomini, l'aveva imparato sulla sua pelle.

Era disteso all'ombra di un grosso albero e con un filo d'erba in bocca guardava il cielo, amava farlo spesso perché così la sua fantasia si scatenava inarrestabile. Mentre era intento in questa appassionata attività vide una vecchia torre seminascosta tra gli alberi, proprio sul margine del dirupo.

Non l'aveva mai notata eppure quel posto lo frequentava da molto tempo. «Com'è possibile che non ho mai visto quella torre? Tra l'altro a vederla sembra proprio vecchia. Certo che è davvero un bel mistero».

Mentre si poneva questa domanda udì una voce femminile provenire proprio dalla torre.

«Hei. Hei tu pastore. Vieni qui. Avvicinati».

Erusio si rimise in piedi e si avvicinò alla torre, la curiosità ormai era diventata impossibile da trattenere e poi quella donna sembrava avere bisogno di aiuto. Altrimenti perché chiamarlo?

«Buongiorno mia signora»

«Buongiorno a te pastore. Come ti chiami?»

«Sono Eurisio, a vostro servizio madonna»

«Eurisio, sono rinchiusa in questa torre da molto tempo, talmente tanto che temo che mi abbiano dimenticata»

«Chi potrebbe dimenticare voi e la vostra bellezza? È impossibile»

«Un barone mi ha rapita e rinchiusa qui, poi ha costretto una strega a fare una magia che ha reso invisibile la torre, così che nessuno potesse mai trovare la mia prigione e liberarmi»

«Adesso sembra che la magia sia dissolta. Potete tornare a casa»

«È dissolta perché la strega è morta, ma non posso liberarmi da sola, ho delle catene magiche che mi tengono legata»

«Come posso aiutarvi io a liberarvi dalle catene magiche?»

«Le catene non si possono spezzare ma la magia sì. Esiste un modo soltanto per liberarmi»

«Quale?»

«Devi dire il mio nome»

«Il vostro nome? Ma io non lo conosco»

«Guardami negli occhi e leggici dentro. Li troverai il mio nome se saprai leggerlo e se sarai sincero le catene si apriranno».

Eurisio la guardò dritto negli occhi, dapprima non sapeva bene come cercare di comprendere quel mistero, ma mentre guardava quegli occhi scuri come un pomeriggio di autunno notò quanto fossero belli, quanta dolcezza regalassero al suo cuore per il solo fatto che li stesse osservando.

Erano marroni, profondi come il cielo e luccicavano come la luce del tramonto. Fu allora che vide il nome e non lo vide con gli occhi e nemmeno era scritto negli occhi ma da questi gli apparve nel cuore e da lì alla mente.

«Il tuo nome, principessa è Amore».

Le catene si aprirono e la principessa poté tornare libera tenendo tra le sue mani quelle di Eurisio.

La scala

Luigi e Paola stavano insieme ormai da oltre 10 anni, si erano conosciuti all'università quando a lui mancava l'ultimo esame e a lei ancora un anno intero.

Da quel tempo non si sono più separati, il loro amore sbocciato nelle aule di studio li aveva condotti sino all'età adulta e chissà fin dove li porterà in futuro.

«Tesoro oggi non torno a pranzo, ho un appuntamento alle due. Mi mangio qualcosa al bar»

«Ok Luigi, mi mancherai. Lo sai che non mi piace mangiare da sola mentre guardo la tua sedia vuota»

«Lo so amore. Mi dispiace, ma...»

«Ho un'idea. Io esco un po' prima dallo studio, compro qualcosa e pranziamo insieme nel tuo ufficio»

«Sii dai. Non osavo sperare che lo dicessi»

«Ci vediamo all'una»

«Ti aspetto».

La mattinata si svolge come sempre per entrambi tra telefono, email, fatture e messaggi. Alle 12.30 Paola esce e prima di prendere la macchina si ferma in una gastronomia.

Le bastano pochi minuti per arrivare sotto l'ufficio di Luigi. È una vecchia costruzione ad un piano con un unico appartamento che si trova in cima alla scala.

Paola suona al citofono ma non c'è risposta, risuona ancora con maggiore insistenza sa che quel citofono è vecchio e non funziona benissimo. Nessuna risposta ancora. Decide di telefonare a Luigi.

«Tesoro, si sono qui. Ho citofonato ma... ok»

Qualche secondo e il portoncino si apre; Luigi era sceso ad aprire di persona. «A quanto pare il citofono ha esalato l'ultimo respiro»

«Ciao amore»

«Ciao bella gnocca che sei il mio amore». Luigi si inventa di continuo qualcosa che la faccia sorridere, non ha mai smesso in questi 10 anni.

Lei lo guarda e gli dice «cretino» che tradotto nelle parole dell'amore significa "quanto ti amo". Lui sorride e le indica la scala.

Paola sale per prima, ma fa solo un paio di scalini prima di sentire la mano di Luigi carezzarle le gambe e i glutei.

«Dai, finiscila». Ma lui non ci pensa nemmeno a smettere di carezzarla, anzi le sue mani diventano più spavalde e insistenti.

Le si avvicina da dietro e la bacia sulla nuca e le guance, mentre le carezze sono sempre più insistenti e le mani guadagnano la via sotto la gonna. Paola piega leggermente la testa indietro e le loro labbra si incollano in un bacio.

Ancora baci e carezze, la posizione è scomoda ma a loro non importa. Le mani di Paola stringono la ringhiera mentre le ginocchia di Luigi toccano il pavimento per consentire alla sua bocca di duettare con il dito nell'accendere l'eccitata passione di Paola.

Lei freme ad ogni tocco, sussulta ad ogni bacio. Disseta il suo uomo con il fluire dell'eccitazione sino al piacere. Ormai nulla potrebbe fermare il fuoco che li arde. Hanno poco tempo, ma non rinunciano alla possibilità di amarsi.

Le mani di Paola stringono ancora più forte la ringhiera quando Luigi le entra dentro, le bacia la nuca, mordicchia i lobi delle orecchie.

Le mani di Luigi carezzano le braccia di Paola sino a fermarsi sopra le sue mani.

Si stringono alla ringhiera, i corpi fusi insieme sino a sussultare entrambi nell'orgasmo. Evento raro ma non impossibile, che li lascia senza fiato, soddisfatti ma mai appagati. Non si sazieranno mai di questo loro amore.

La telefonata impossibile

«Pronto»

«Ciao, sono io»

«Tu? Ma...»

«Si lo so, ti sembra impossibile che ti stia chiamando»

«Non capisco. Com'è possibile? Non puoi essere tu»

«Non chiedermi come sia possibile, non saprei cosa dirti e se lo sapessi probabilmente non te lo potrei dire comunque»

«Come stai? Dove sei?»

«Sto bene. Va tutto bene»

«Ma lo sai che... Che tu... Insomma ecco...»

«Si certo che lo so. Tranquillo, va tutto bene»

«Mi manchi tanto, da molto tempo»

«Lo so. Mi manchi anche tu. Mi mancate tutti voi»

«Appena lo sapranno gli altri che abbiamo parlato...»

«No. Non devi dirlo a nessuno»

«No? E perché no?»

«Non so se potrò chiamare anche loro e se non mi fosse possibile non voglio che ti facciano domande a cui non potresti rispondere»

«Non capisco»

«Lascia stare. Va bene così»

«Ma potremo anche vederci?»

«Non lo so, non credo. Abbiamo questo ed è meglio farselo bastare. Non pensi?»

«Si hai ragione»

«Avrei tante cose da dirti»

«Anch'io e non so da dove cominciare»

«Quando sei nato quasi non capivo fino in fondo cosa avrebbe significato. A volte ho fatto bene e altre ho sbagliato nel crescerti»

«Sei stato un buon padre. Nessuno è perfetto, nessuno ci insegna come fare il genitore. Ricordo ancora le nostre chiacchierate notturne»

«Dio che discussioni infinite. Specialmente quando non

eravamo d'accordo e nessuno dei due accettava di dare ragione all'altro»

«È vero, ci passavamo le nottate»

«Ricordo quando eri davvero piccolino, avevi il viso rotondo e paffuto, la pelle chiara e un sorrisetto birbantello»

«Papà che giorno era quando sono nato, te lo ricordi?»

«Certo che lo ricordo. Era un lunedì. Iniziava la settimana e tu sei venuto al mondo»

«Cosa hai fatto quando mi hai visto la prima volta?»

«Ti ho visto solo per un secondo e ho sentito il cuore gonfio. Ed è successo ogni volta da quel giorno»

«Sono tempi troppo lontani, non ricordo nulla di quegli anni»

«Lo so è normale. Così com'è normale che ricordi ogni istante della vita di tuo figlio»

«Beh si, in effetti»

«Quindi capisci perché io ricordo la tua»

«Cosa hai provato ad essere papà?»

«Avrei voluto poterti dire che ti avrei protetto sempre, ma sapevo che non sarebbe stato possibile, non si può essere presente in ogni istante. Allora ciò che ho fatto è stato aiutarti a capire come e quando devi difenderti; questo è stato il mio modo di proteggerti»

«Ti sei sempre preso cura di me, avrei voluto fare di più per te ma non c'è stato tempo»

«Ho cercato di farti sentire che ero al tuo fianco; ti ho sostenuto, sorretto, incitato e quando è stato necessario ti ho corretto. Il mondo è diventato un posto migliore da quando esisti tu»

«Ma papà tu sei...»

«Morto? Si lo so. Che ti pare che non me ne sono accorto? La morte non ferma l'amore, nulla può farlo. Finché sarà nella tua mente il ricordo di me, io potrò continuare ad esistere anche oltre la morte. È l'amore tutto ciò che rimane di noi. Non sono le cose che abbiamo fatto, i soldi che abbiamo guadagnato e perso, non è niente di tutto questo. L'unica cosa che rimane è l'amore. Quindi figlio mio, se vuoi che io viva ancora, ricordati di me. Ricordati delle nostre infinite discussioni, delle nostre litigate, delle risate e anche dei rimproveri. Ricordati di come ti guardavo orgoglioso mentre crescevi. Ricordati di quando hai fatto la tua operazione e sono stato con te ad assisterti tutta la notte. Ricordati di quando non sapevi che decisione prendere e ne hai parlato con me. Ricordati di quanto ti ho amato»

«Quando guardo mio figlio penso a te e succede ogni volta. Mi rendo conto di quanto mi hai amato per quanto io amo lui. Te ne sei andato troppo presto e mi manchi. Ti ricorderò finché avrò la forza di vivere».

La casa dei fantasmi

Quella vecchia casa abbandonata da molti anni era protagonista di leggende e storie terribili nei racconti dei ragazzi. In effetti con il suo essere fatiscente e la struttura antica si prestava davvero ad essere il luogo perfetto dove ambientare terrificanti delitti o anche farne la dimora di fantasmi.

Nessuno sapeva chi l'avesse costruita, quali persone l'avessero abitata e nemmeno da quanto tempo fosse disabitata e perché; per tutti era la casa abbandonata, questo era il nome che le avevano affibbiato senza grande sforzo d'immaginazione.

Amelia però non riusciva a non essere curiosa, fin da quando adolescente vi era entrata per vincere una sfida e il suo coraggio le aveva procurato la vittoria di un pacchetto di sigarette.

Adesso è adulta, sono trascorsi 20 anni da quella sera e di pacchetti di sigarette ne ha fumati tanti, ma la curiosità non la molla, vuole conoscere la storia di quella casa. Non c'è nessun motivo per cui vuole saperla se non per il piacere di soddisfare la curiosità.

"*Come faccio? Dove cerco? A chi chiedo?*" Le tre domande che ormai da tempo si ripete senza sosta e che diventano sempre più pressanti.

«La tua sta diventando una vera ossessione Amelia»

«Ma no Franca, non è un'ossessione è soltanto che sono curiosa»

«Si certo, come no. Amelia ci conosciamo praticamente da sempre e so bene come ti funziona quel garbuglio sgangherato che hai per cervello». Le due amiche risero insieme e si abbracciarono.

Amelia però sente dentro sempre più pressante l'esigenza di scoprire il mistero, ammesso che sia davvero un mistero; le sue ricerche in effetti non furono poi così difficili è bastato chiedere informazioni agli abitanti più anziani del vicinato per venire a sapere che si trattava della casa della famiglia Barzesi, che era chiusa e disabitata da circa 30 anni quando la vedova Barzesi era deceduta, senza avere eredi diretti visto che non aveva figli.

A quanto si vociferava l'eredità era contesa tra i cugini del marito e un nipote della moglie, ma sembrava che anche il comune avanzasse pretese con la scusa che la casa fosse di interesse artistico e culturale.

Amelia era piuttosto delusa nell'apprendere quanto misera fosse la realtà, sarebbe stato meglio lasciare il velo di mistero così da poterci fantasticare sopra ipotizzando di delitti per gelosia oppure facendo finta di credere ai fantasmi o chissà quale altra invenzione fantasiosa.

Invece la realtà era una storia di avidità e liti, carte bollate, avvocati e tribunali.

Forse è questa la vera storia dell'orrore e non quella che parla di fantasmi.

Il vigliacco

Quella stanza bianca la sente opprimente e fredda, si stringe nel giubbotto ma non sente calore.

Lo vede che gli parla quel dottore di cui non ricorda il nome, parla lentamente come se questo ti aiutasse a capire quelle parole strane.

Non le capisce, le sente ma non sa che significano. Ha capito solamente la sentenza di condanna, da quell'istante in poi è diventato tutto solo un brusio, un rumore di sottofondo fastidioso.

La sua voce calma, quasi confortante, vorrebbe fare sentire meno lacerante lo sconforto, peccato che non ci riesca.

«Mi dispiace signor Emilio, purtroppo le analisi hanno confermato la diagnosi»

«Non c'è margine di errore?»

«Mi dispiace»

«Capisco»

«Le preparo la prescrizione per la chemio, dopo vedremo se per l'operazione»

«Quante probabilità ci sono di guarire?»

«Purtroppo è molto esteso e...»

«Ho capito. Quanto tempo mi rimane? Sia sincero per favore»

«Non saprei davvero cosa dirle, non è facile prevedere il decorso...»

«Non voglio una data di scadenza, mi basta capire se parliamo di giorni, settimane o mesi»

«Qualche mese probabilmente, ma...»

«Si tranquillo, ho capito. Non può essere preciso»

I pensieri sono a loro, come fare a dire alle due persone che ama una cosa del genere? Come può dire alla sua compagna che la lascerà sola per andare a morire? Come dirà a suo figlio che non potrà più essere accanto a lui per dargli sostegno, gioire orgoglioso per le sue gioie, confortarlo nei momenti bui? Come può dire a se stesso che presto di lui resterà solo il ricordo che hanno gli altri?

Si fa forza, tira un profondo respiro e cammina; il mondo intorno fa chiasso ma non lo sente nemmeno, guarda il mare e sprofonda in quel nero.

Non è mai stato ricco di denaro, ma non è mai stato povero, ha amato ed è stato amato. Non si sente più quel Emilio impavido e invincibile che credeva di essere, si scopre debole e impaurito. Non la vuole questa sorte, ma non può fuggire da essa.

Resta in silenzio, è vigliacco e non dirà nulla, lascia che lo piangano solo una volta, solo quando non potrà sentirli.

Lo sguardo

Elena si aggirava tra gli scaffali del grande magazzino senza avere un'idea precisa se acquistare qualcosa ed eventualmente cosa.

Guardava distrattamente gli oggetti appesi ai ganci, ogni tanto ne prendeva uno per osservarlo meglio ma niente le faceva nascere il desiderio di comprare.

Quelle soste duravano appena qualche secondo e proseguiva la distratta esplorazione.

Nella corsia degli accessori da cucina aveva notato quell'uomo. Lui l'aveva guardata appena di sfuggita, ma nel farlo i loro occhi si erano incrociati.

Aveva le spalle larghe, anche se non proprio alto aveva un fisico ben piazzato; gli occhi chiari e i capelli brizzolati tagliati alla lunghezza appena sufficiente affinché il pettine potesse pettinarli.

Si erano passati vicini guardandosi ma senza dirsi nulla, nemmeno un sorriso appena accennato. Null'altro che quell'incrocio di sguardi.

L'aveva perso di vista voltando nella corsia a fianco.

Alberto cercava una padella, ma quelle esposte non lo avevano convinto, sembravano tutte talmente fragili al punto da fargli temere che sarebbero esplose mentre erano sul fuoco.

Aveva quindi deciso di andare via, voltandosi per andare verso l'uscita aveva notato quella donna.

Era piccolina non arrivava forse nemmeno al metro e sessanta, ma era bella e sinuosa nelle forme, non aveva evitato di guardare le curve dei sui fianchi e il seno prosperoso.

Ma la cosa che lo aveva colpito era stato il suo sguardo; nel momento in cui le era passato accanto i loro occhi si erano incontrati e aveva visto in quegli occhi scuri una semplicità a cui non era possibile resistere.

"Ma che le dico? Magari mi scambia per un maniaco. Niente, dai. Andiamo via" il pensiero era durato un solo istante e quel tempo

era stato sufficiente per cancellare l'ipotesi di qualcosa.

Elena rinuncia a guardare altro e si avvia all'uscita; quando il fato vuole che qualcosa accada, sono inutili i pensieri e le incertezze umane. Infatti si ritrovarono vicini l'uno all'altra nel percorso verso l'uscita e stavolta il sorriso non lo evitarono, probabilmente l'essersi già visti qualche secondo prima ha dato loro una certa familiarità.

«Prego» disse lui cedendo il passo per attraversare la porta troppo stretta per non toccarsi se varcata insieme.

«Grazie» il sorriso di Elena era sincero per l'inaspettata galanteria.

Entrambi si avviarono verso il parcheggio seguendo lo stesso percorso, per poi scoprire di avere le auto l'una a fianco all'altra.

Prima di salire in auto ognuno si voltò per guardare l'altro, il sorriso fu di nuovo inevitabile e Elena disse «Arrivederci»

«Buonasera signora».

Lei salì in macchina, mentre ancora Alberto la guardava e proprio mentre lui si era deciso a dire qualcosa lei mise in moto e andò via.

Cosa le avrebbe detto, Elena non lo saprà mai e forse nemmeno lui sa cosa l'ispirazione del momento gli avrebbe suggerito.

Il fato non può nulla quando si scontra con la fredda paura che la società ci impone.

Il massaggio

La camera era invasa dalla luce del sole, vi si riversava dalla finestra e dalla porta del balcone, la leggera aria fresca primaverile solleticava le narici e dalla strada giungevano i suoni e i rumori della città come sempre affaccendata nei mille impegni di ogni persona che ci viveva.

Ma in quella camera il mondo non era ammesso, poteva soltanto lanciarvi i suoi frastuoni, che non distraevano Emilio da ciò che stava ammirando.

«Dai smettila di guardarmi così, mi metti in imbarazzo»

«Perché, come ti sto guardando che ti imbarazzi?»

«Sembri pronto a mangiarmi. Si, ecco sei preciso ad un bimbo davanti la vetrina di una pasticceria»

«Che sei dolce lo so, ma proprio non ti paragono ad una pasticceria. Anzi, forse si. Sei come una di quelle torte con i bignè e la panna»

«E lo sapevo. Sei proprio un cretino. Un bambinone cretino».

Luisa rideva ed Emilio pure. Erano così. Il loro amarsi era farcito di scherzi e risate.

«Vado a fare la doccia» Emilio si spoglia e adesso e lei a guardare la pasticceria.

Dopo la doccia, ancora umido sebbene coperto con l'accappatoio, si distese sul letto. Emilia lo guardava e si divertiva a fargli il solletico senza pietà, lui rise scompostamente, non era mai riuscito a resistere al solletico. Non avrebbe dovuto dirglielo, ma tanto lei lo avrebbe scoperto comunque e non perdeva mai occasione di approfittarne.

Nella vana speranza, di evitare altri punzecchiamenti Emilio cercò il contrattacco ma sapeva che non aveva nessuna possibilità di spuntarla, Luisa sapeva essere molto convincente e non era tipo dalla resa facile.

«Togliti l'accappatoio e girati, ti massaggio la schiena" e con questa frase pose fine alla resistenza di Emilio che ubbidì felice di farlo.

Le sue mani scorrevano sapientemente sulla pelle ancora calda dell'acqua, si soffermava in alcuni punti più che in altri, così come a volte pressava oppure toccava appena.

Emilio disteso chiuse gli occhi assaporando il piacere di quelle carezze.

Con gli occhi chiusi non poté vedere che Luisa si era spogliata a sua volta, ma lo capì immediatamente quando la sentì salirgli a cavallo sulle gambe.

Le mani ancora scorrevano sulla sua pelle, ma il tocco era cambiato, divenendo più lento e con la mano intera. Anche il suo respiro cambiò, quelle carezze erano troppo sapienti per rimanerne indifferente.

Sentì Luisa distendersi sulla sua schiena, si muoveva con lentezza e ritmo, sentiva i suoi capezzoli sfiorargli la pelle, la pancia carezzargli la curva della schiena e il suo sesso strofinarsi sulla curva dei suoi glutei.

Usava tutto il suo corpo per carezzare il suo uomo e lui non poteva, non voleva, perdersi un solo istante di quella carezza.

Lei gli mordicchiava le orecchie, sentiva il suo respiro arrivargli sin dentro l'anima, era impossibile resistere ad una simile tortura. Lei lo sapeva e di questo si faceva forte.

Emilio voltò la testa verso di lei, le bocche si toccarono, le labbra si schiusero e le lingue ebbero libertà di giocare ad inseguirsi.

Quanto avrebbe potuto resistere in quel modo Emilio? Troppe le sollecitazioni che quelle carezze gli procuravano.

«Sei scorretta, lo sai, sì?»

«Si lo so. Che vorresti fare, punirmi per caso? Oppure vuoi vendicarti?»

Emilio non disse nulla, la guardava negli occhi e con la forza invertì le posizioni.

Adesso lei giaceva sotto e lui continuava a guardarla in silenzio mentre lentamente scendeva sempre più giù, sino a trovare con la bocca il suo sesso.

Baciarla e stuzzicarla con la lingua a cui a tratti si aggiungeva un dito, era troppo per Luisa, non poteva resistere senza sciogliere la sua eccitazione e infine il suo piacere.

Le mani sulla testa di Emilio stringevano e tiravano i suoi capelli, lo tratteneva a se per poi respingerlo e tirarlo ancora, sino a quando giunta all'apice lo trattenne fermamente mentre l'orgasmo la pervadeva in ogni cellula del corpo e lanciava la mente negli abissi del piacere.

Intanto il mondo fuori continuava il suo inutile fracasso.

L'attesa

Enrico è in macchina immerso nel traffico cittadino, come ogni giorno, come tutti. Sta rientrando a casa, finalmente la giornata lavorativa è finita ma ancora la moderna civiltà gli chiede un tributo, il dover sprecare una parte di vita nell'inutile attesa seduto nella scatola di metallo e come lui anche tutti gli altri.

Ognuno chiuso nella propria scatola di metallo si lamenta fra se del tempo perso, ma non pensa che anch'egli è causa di quella perdita di tempo. Sono gli altri ad esserlo e nel mentre si dà sollievo con l'aria condizionata.

Meglio respirare quest'aria che sa di plastica piuttosto che quella fuori, perché quella puzza ed è calda. Nel frattempo il motore della macchina rinfresca l'interno riscaldando il fuori.

Finalmente giunge a casa, adesso toccherà trovare parcheggio, impresa non facile che comunque alla fine viene compiuta.

La chiave fa scattare la serratura e finalmente il mondo può andarsene a fanculo. Il rifugio lo accoglie; la casa lo protegge da quell'inferno la fuori.

Le chiavi sul mobiletto e le scarpe scivolano sino alla parete di fronte, che sollievo camminare scalzo, lo ha desiderato per tutto il giorno.

Dalla camera da letto sente giungere della musica «Giulia, ciao» «Ciao Enrico, ti stavo aspettando».

Quel "ti stavo aspettando" per un attimo gli suona strano, convivono da 3 anni e lui rientra sempre alla stessa ora, ma la stranezza dura solo un attimo, ha capito e sorride.

Si ferma sulla soglia della camera e si gode la vista di ciò che aveva immaginato un attimo prima.

Giulia è sul letto, seduta sulle ginocchia. Il "ti stavo aspettando" è adesso visibile e materializzato in un reggiseno nero trasparente, una guepierre con il reggicalze e le calze nere.

Enrico sarebbe tentato di saltarle addosso, se soltanto lasciasse libero di agire il suo istinto di maschio, ma lui non è così. Hanno imparato a conoscersi l'un l'altro nel corso del tempo e lei sa come togliere il respiro al suo uomo, che dal canto suo conosce il modo di accogliere le sfide della sua donna.

Giocano a carte scoperte, senza bluff né inganni ma sanno anche stupirsi e sorprendersi l'un l'altro.

«È da premiare la pazienza che hai avuto nell'attendermi»

«Stai tranquillo che saprò farmi ricompensare».

Giulia conclude la frase che già era vicina ad Enrico e non spreca altre parole. Le loro labbra si toccano prima per un solo istante, un bacio superficiale, solo un breve contatto seguito da altri simili a ripetizione sempre più velocemente sino a quando Enrico la trattiene a sé.

Adesso le labbra non si staccano, le bocche aperte lasciano alle lingue la possibilità di giocare ad inseguirsi. Il nutrirsi vicendevolmente del respiro dell'altro li trasporta in quel tempo fatto di calore.

Le mani di Giulia non fanno nessuna fatica a sbottonare la camicia di Enrico, bastano pochi secondi e lui si ritrova nudo sul letto. Lei lo sovrasta.

La guepierre e le calze resistono ancora al loro posto, mentre il reggiseno e le mutandine sono ormai volati via.

Di cosa accade da quel momento in poi il mondo non lo saprà mai, potrà soltanto immaginarlo chiuso fuori dietro quella porta.

Il discorso

L'aria comincia finalmente ad essere fresca, l'estate particolarmente calda aveva lasciato tutti esausti, per cui quelle prime giornate di frescura rendono questo fine settembre una vera oasi rigenerante.

Guglielmo ascolta con attenzione le parole di Luciana, sua figlia è nervosa e seria in questo momento perché il discorso che ha appena iniziato è importante e anche se è convinta che suo padre sarà d'accordo con lei, lo conosce bene e ha sempre avuto il suo sostegno, comunque la tensione le percorre ogni fibra del corpo.

Guglielmo riconosce nello sguardo di sua figlia quella tensione, vede le sue mani che si torturano a vicenda e poi basterebbe anche solo il suono della sua voce così tesa e tremula a fargli comprendere quanto lei sia nervosa.

La guarda e vede sua figlia ormai donna, ha compiuto 25 anni da qualche mese, l'estate precedente si è laureata e seppure precario ha comunque un lavoro; è una donna adulta, questo lo sa bene ma lui vede comunque la sua bambina.

In un istante si ritrova seduto a terra con Luciana che gli salta sulla pancia, porta ancora il pannolino e non si è resa conto della morte della mamma, ci sarà il momento per dirglielo ma non è adesso; ancora troppo piccola per capire, ogni tanto la cerca e gli chiede "dov'è la mamma?" Ogni volta una risposta diversa sempre più vicina alla verità, finché arrivò il momento.

Lui si aspettava di doverla consolare, di doverle asciugare le lacrime e invece quando lui le disse che la mamma era in cielo a giocare con gli angeli e che da lì la proteggeva Luciana lo guardò dritto neghi occhi e rispose "ah va bene. Posso andare a giocare?" Però per il resto della giornata non disse altro, nemmeno una parola sino all'indomani.

«Papà mi stai ascoltando?» Il richiamo della figlia lo riportò al presente.

«Si tesoro, dimmi»

«Ecco vedi, volevo dirti che... Cioè tu conosci Barbara, la mia amica»

«Si certo. E allora?»

«Non so se... Cioè non sono sicura che...»

«Tesoro, guarda che lo so che state insieme»

«Come lo sai?»

«Pensavi che non l'avessi capito? Mi fai davvero così vecchio e rincoglionito?» E cominciò a ridere, la sua risata contagiò la figlia come accade praticamente ogni volta.

«Eh a posto. E io che mi sono preparata tutto il discorso. Avevo pronte pure le risposte alle tue domande e alle obiezioni possibili»

«Fallo lo stesso il discorso. Lo sai che mi piace parlare con te»

«Gne gne» fece la smorfia con le labbra accompagnando il suono. Risero entrambi.

«Sei antipatico e odioso. Ecco. Uff. Avevo fatto anche le prove. Miiiii, uffa!» Risero entrambi di nuovo.

«E adesso che facciamo?»

«Che ne diresti di chiamare Barbara e proporle di andare tutti e tre a prendere un gelato? Così la mettiamo al corrente che tuo padre è vecchio e pure rincoglionito, ma non così tanto. Tranquilla, offro io».

Per la terza volta risero e non avevano ancora finito quando Barbara rispose al telefono.

Siamo due, siamo uno

Il bip monotonamente ritmico della macchina che monitora il battito del cuore riempie lo spazio che dal letto arriva alla parete, è l'unico suono che accompagna le giornate di Guglielmo ormai da parecchi mesi, non che a lui gliene importi molto è troppo malato per comprenderlo e troppo vecchio per dare importanza al tempo.

Almeno questo è ciò che pensano coloro che gli stanno attorno in queste giornate, sono in tanti ma in fondo anche troppi, a lui ne basterebbe uno. Uno soltanto è colui di cui gli importa. Ed è l'unico che in realtà gli presta davvero le cure di cui Guglielmo ha veramente bisogno.

Non gli servono le pillole, le punture e gli sciroppi. Gli serve l'amore. L'unico amore vero che ha dato e ricevuto. Quell'amore incondizionato, viscerale, incontenibile e infinito; quell'amore che non si può spiegare con le parole, perché nessuna parola è sufficiente a darne la giusta dimensione.

Un padre e un figlio non possono essere scissi in due persone pur essendo due individui diversi rimangono legati nell'anima quando tra loro nasce il cordone che la natura ha dato alla loro unione.

Non è qualcosa che succede a tutti e forse nemmeno a tanti, ma ad alcuni si che succede e quando accade nulla può spezzare quella granitica unione.

Luigi, come ogni giorno è seduto accanto al letto del anziano padre morente; non dice nulla, lo guarda tenendo la sua mano su quella del padre.

La mente lo riporta al tempo dell'infanzia per quello che può ricordare, più limpidi e precisi sono i ricordi dell'adolescenza e della prima maturità. I loro discorsi a volte banali, altre volte profondi e intimi che sfociavano in lacrime sino a quando Luigi non comprese quanto profondo fosse l'abisso dell'amore che suo padre custodiva.

«Luigi. Che ci fai qui?»

«Sono venuto per stare un po' con te»

«Lo dici come se fosse qualcosa che capita di rado. Lo so che vieni ogni giorno e resti seduto lì a guardarmi per gran parte del tuo tempo»

«Perché, ti porto disturbo?»

«Dovresti essere fuori da questa stanza, dovresti andare al cinema, al mare, a donne. Insomma dovresti fare le cose che si fanno alla tua età, non dovresti essere sempre qui a tenermi compagnia. Io ho già infiniti ricordi a tenermi compagnia»

«Ma papà a me piace stare con te. Mi è sempre piaciuto, anche prima»

«Sai. Mi sono sempre sentito l'uomo più fortunato del mondo e lo sono stato davvero»

«Davvero?»

«Si. Perché ho avuto te per figlio. Perché nei tuoi respiri ho sentito che la mia vita ha avuto uno scopo»

«Ti voglio bene papà. Ma io sono uno qualsiasi, non ho nulla di speciale. Non vedo perché la mia esistenza possa essere la tua fortuna»

«È semplice. Perché tu sei tu. Perché esisti. Quando non esistevi vivevo la mia vita e basta, ma da quando sei nato ho vissuto la mia vita come un'officina dove veniva costruita, riparata, elaborata e potenziata la tua. Ma non ero io a farlo, eri tu. Io mi limitavo a porgerti gli attrezzi. Eri tu a compiere l'opera»

«Presto starai bene e potremo fare le nostre passeggiate. Dove vorresti andare?»

«Mi piacerebbe andare al mare»

«E allora andremo al mare»

«A fare cosa? È inverno e io sono troppo vecchio. Anche se ancora mi piacerebbe vedere qualche bella ragazza in costume... Ahahah»

«Ahaha.... Papà. Finiscila, non pensare a certe cose che ti si alza la pressione. Ahaha»

«Ahahah... Hai ragione. Forse è meglio se andiamo in montagna.... Ahahah»

«Ecco bravo».

Sono così loro due, passano dal serio al ridicolo senza

preoccuparsi di farne un ponte.

«Luigi ascolta»

«Dimmi papà»

«Io ormai sono agli sgoccioli. Il mio filo della vita è tutto arrotolato e non me ne rimane molto, ma non essere triste perché io ho vissuto la migliore delle vite. Ho avuto te e questo ha fatto di me l'uomo più ricco e fortunato che sia mai esistito. Ho anche avuto la gioia di vederti affacciare al mondo e dargli il tuo contributo. Questo è molto più di quanto potessi sperare. Mi dispiace solo che non potrò avere la tua compagnia, ma tu non sarai mai orfano. Perché anche se non potrai vedermi io ci sarò comunque, ti basterà pescare nei ricordi un qualsiasi momento che abbiamo vissuto insieme e mi troverai lì a giocare oppure a parlare e ridere con te»

«Papà non dire queste cose. Presto ti alzerai da questo letto»

«Hey Polpettino, lo sai che non mi freghi. Sono vecchio e pure un poco rincoglionito, anzi parecchio, ma ho ancora abbastanza lucidità per capire che presto morirò. Ma ti ripeto che non devi essere triste, perché della mia vita non cambierei nemmeno una virgola. Sai perché?»

«Perché?»

«Perché se cambiassi qualcosa potrei rischiare di non avere più te o di vivere un vita diversa con te e invece ho vissuto la vita migliore che potessi sperare. Quindi tutto ciò che è successo di buono e anche di brutto va bene così com'è stato».

Guglielmo sentiva di fare sempre più fatica a parlare, non farfugliare gli costava uno sforzo enorme. Luigi se ne era reso conto, ma non diceva nulla, mai avrebbe sottolineato una difficoltà del padre.

«Luigi, ti dispiace andare a prendermi un bicchiere d'acqua in cucina?»

«Ma certo papà».

Si alzò dalla sedia e prima di andare nell'altra stanza, si chinò sul padre e lo baciò in fronte. «Ti voglio bene papà» l'anziano sorrise più con gli occhi che con la bocca e mentre il figlio si spostava disse a sua volta «Anch'io a te».

Luigi uscì dalla camera, ma non andò in cucina, si fermò nel corridoio e attese.

Sapeva che suo padre aveva chiesto un minuto privato da solo con se stesso. Non voleva farsi vedere mentre moriva.

Con le spalle poggiate alla parete Luigi piangeva in silenzio mentre con la testa poggiata sul cuscino suo padre moriva in silenzio.

Il sogno

Emilio se ne sta pigramente seduto sul divano, la televisione accesa borbotta le sue stupidaggini senza senso, ma lui non le presta attenzione, gli basta sentire quel sottofondo mentre è assorto nella lettura dell'ennesimo libro.

Ne ha letti tanti di libri in vita sua, alcuni lo hanno emozionato e fatto vivere avventure esaltanti, amori appassionati e dolori strazianti; è successo anche di avere abbandonato la lettura di alcuni libri, troppo noiosi e tronfi di se stessi ma in realtà privi del benché minimo valore.

Oggi legge un libro che a suo tempo fece scalpore, provocò scandalo e conquistò la fama. Un libro che parla di amore, ma un amore perverso, farcito di possesso e sottomissione.

Leggerlo gli provoca emozione ed anche eccitazione, quasi si vergogna di se stesso, trova eccitante l'immagine della protagonista consenziente ad essere legata e frustata, penetrata e posseduta in ogni modo da uomini diversi solo per compiacere l'unico che lei ama. La conclusione della storia con l'inversione delle parti che dimostra essere lei la vera padrona e lui il sottomesso, concede ad Emilio un alibi di riscatto dalla sua perversa immedesimazione.

Finita la lettura, rimane la televisione e ne ha immediatamente il rifiuto. Meglio trovare un documentario, non importa l'argomento tanto sa che non lo guarderà, punta il timer di spegnimento e chiude gli occhi, lì sul divano.

Il sonno gli scivola addosso come una coperta che lo protegge tenendolo al caldo. Nel sonno la mente vaga nei mondi dei sogni e lì vive un'avventura che di emozioni gliene dà anche troppe, se mai troppe sia possibile.

È qualcuna che conosce, eppure non sa chi sia, accade spesso che in sogno non si identifica la persona o il luogo pur sapendo esattamente chi e dove è.

«<Ciao, che bella sorpresa, non mi sarei mai immaginato di

ricevere una tua visita»

«Mi trovavo in zona ed ho pensato di passare a salutarti»

«Ne sono felice».

Non le stacca gli occhi di dosso, percorre con lo sguardo ogni centimetro del suo corpo. La trova bellissima con quella maglietta bianca che le sagoma il seno prosperoso e si stringe sulla vita, per fermarsi al bordo della gonna che copre appena metà delle cosce inguainate dalle calze nere per finire con degli improbabili scarponi militari che però accrescono il fascino giovanile, anche se di giovane entrambi hanno soltanto l'anima.

I capelli scuri le arrivano alle spalle e fanno da cornice al viso dalla pelle chiara e morbida, gli occhi sono scuri e le labbra piccole che Emilio vorrebbe mordicchiare e baciare.

La invita ad entrare e le offre un caffè. Il sogno fa un balzo e loro sono abbracciati sotto la doccia, l'acqua che scivola sui loro corpi fa scorrere via la schiuma e alimenta il loro desiderio.

Le bocche unite in un bacio sommerso, le mani di entrambi che scorrono sul corpo dell'altro. Emilio sente come le cambia il respiro quando la sua mano si sofferma sul monte di venere e la carezza si fa più invadente.

Conquista il diritto di sentire la sua eccitazione, non può distinguere al tatto l'acqua dal piacere ma sa, anzi desidera inchinarsi e lambire quella fonte.

Che la sua iniziativa sia stata gradita gli è chiaro per via delle mani di lei sulla sua testa, lo stringe a sé, lo respinge solo per tirarlo ancora e tenerlo stretto esattamente nel momento in cui si contrae per l'orgasmo, ma Emilio non si staccherebbe affatto eppure le sue mani sulla testa gli fanno sentire la gioia del piacere condiviso.

Il sogno fa un altro balzo, ma adesso è confuso, un continuo cambio di immagini e colori. Ed è questo il momento in cui riapre gli occhi.

Il momento giusto

«Benvenuto»

«Eh? Parla con me?»

«Si certo che parlo con te»

«Ci conosciamo?»

«Ci stiamo conoscendo adesso. Io sono Adelmo»

«Molto lieto, Giovanni... Che strano»

«Cosa?»

«Ho come l'impressione che ci fosse qualcos'altro dopo Giovanni, ma non lo ricordo»

«Tranquillo è normale»

«Normale? Che significa?»

«Qui non serve altro che il nome»

«Ma allora è come pensavo, c'era qualcosa dopo»

«Un tempo si, adesso non più»

«Scusi signor Adelmo ma non riesco a capire. A dirla tutta, mi sento proprio confuso»

«Sai dove ci troviamo?»

«Ehm... Veramente no»

«Dai su, che se ci pensi un attimo ci arrivi»

«No davver... Oh cazzo! Questo è.... Cioè io sono... No non può essere. Sto sognando»

«Ne sei davvero convinto?»

«Non c'è altra spiegazione. Non posso essere morto»

«E perché non puoi?»

«Perché ho un sacco di cose da fare. Intanto domani devo andare a lavorare, poi nel pomeriggio devo portare la macchina dal meccanico e ho promesso a mio figlio che lo avrei accompagnato in palestra. Ah... E poi ho il frigorifero vuoto, devo andare al supermercato»

«Ahahah.... Ti prego basta, mi fai scompisciare dalle risate»

«Che c'è di tanto divertente?»

«Sei morto, quella è tutta roba che fanno i vivi»

«E io le devo fare quelle cose, quindi non posso essere morto»

«Spiacente ma tu non farai più nulla di tutto ciò»

«Ma non sono così vecchio e non ho nessuna malattia»

«E che importa? Non ha nessuna importanza come sei morto e nemmeno perché»

«Come non ha importanza?»

«Certo. Che ti frega? Sei morto e basta»

«Ma la mia famiglia, mio figlio»

«Ti staranno piangendo probabilmente e se sei stato una persona buona, un bravo genitore è molto facile che ti ricorderanno ancora per molto tempo, ma andranno avanti»

«Quindi è così che funziona. Un giorno improvvisamente muori e basta. Ma io avevo fatto dei progetti, aspettavo il momento giusto per realizzarli e invece...»

«E si mio caro, quello che hai fatto è fatto, il resto è svanito nel nulla delle cose rimandate al momento giusto»

«Ho perso l'occasione di farle»

«Esattamente. Sapessi quanta roba c'è accatastata nel deposito del momento giusto»

«Deposito del momento giusto?»

«Si. È il luogo dove finiscono tutti i progetti, le idee e le intenzioni che quando siamo vivi rimandiamo e che poi non riusciamo a realizzare»

«E c'è molta roba?»

«Uuuh... Miliardi di cose. Non immagini quante»

«E non si possono recuperare?»

«No. Ricordi? Sei morto»

«Ah, già. È vero. E adesso che succede?»

«Dipende da te. Qui non esiste il tempo, non ci sono doveri»

«Sai cosa mi piacerebbe fare?»

«Dimmi»

«Si possono vedere i vivi da qui?»

«Si, ma non si può parlare con loro»

«No non mi interessa parlarci. Mi piacerebbe stare seduto a guardarli mentre si affannano»

«Si può fare. Ecco guarda pure»

«Ti andrebbe di farmi compagnia?»
«Perché no? In fondo sono tristemente comici i vivi».

La generazione balorda

La macchina procede lentamente nel traffico cittadino e spesso si deve anche fermare per attendere qualche metro di via libera.

«Certo che si perde un sacco di tempo a stare fermi in macchina»

«Beh si è vero che si cammina lentamente, soprattutto nell'ora di punta, ma io non credo che sia tempo perso»

«No? Perché no, papà?»

«Perché sono minuti in più che stiamo insieme e che possiamo usare per parlare ancora»

«Hai ragione, non ci avevo pensato».

Spesso accade le cose che sono più evidenti non riusciamo a vederle, è sufficiente però che qualcuno ce li faccia notare per acquisire un punto di vista nuovo e alternativo.

Le macchine continuano il loro lento procedere a singhiozzo e per un attimo cala il silenzio che viene interrotto dallo squillo del telefono.

«Che fai non rispondi?»

«No papà, preferisco richiamare dopo»

«Aah capisco. È qualcuno con cui vuoi parlare in privato». Il figlio non risponde e quel silenzio imbarazzato vale come un si.

«Quando avevo la tua età era difficile trovare la privacy per telefonare. Non esistevano i cellulari e quindi o usavi il telefono di casa sapendo che gli altri avrebbero sentito ciò che dicevi oppure andavi alla cabina telefonica. In entrambi i casi comunque non potevi stare molto tempo al telefono; a casa i genitori ti costringevano a chiudere perché costava tanto e inoltre il telefono non si poteva, anzi non si doveva tenere occupato casomai avesse chiamato qualcun'altro; dalla cabina erano i gettoni a dire quanto tempo potevi stare, senza contare che arrivava sempre qualcuno che doveva telefonare pure e ti bussava sul vetro per farti fretta

«Era più difficile comunicare a quei tempi»

«Si e no»

«Che vuoi dire papà?»

«Il telefono spesso lo usavamo per concordare un appuntamento e quindi parlavamo molto di persona. Discorso diverso era invece quando chiamavi la ragazza che ti piaceva; il timore peggiore era che ti rispondesse suo padre, cosa che avveniva puntualmente e tu cominciavi a balbettare tremando».

La risata nasce spontanea a padre e figlio; ridono in fondo per motivi diversi ma per la stessa cosa e soprattutto ridono insieme, cosa che un genitore e un figlio dovrebbero fare quanto più spesso possibile.

Nella risata del padre c'è tutta la tenerezza e la nostalgia del ricordare la propria giovinezza; in quella del figlio c'è la comicità della situazione che poteva avvenire solo in quel tempo e che per questo comprende appena e trova comica.

«Ma cosa facevate voi da ragazzi?»

«Intanto c'è da dire che ci si ritrovava alla piazzetta oppure al muretto, insomma ogni gruppetto aveva il suo punto di riferimento; ah una cosa, a quel tempo si chiamava comitiva»

«Comitiva? Ha un che di serioso e ufficiale, questa parola»

«A pensarci adesso in effetti hai ragione. Comunque sia. Ci si ritrovava nel luogo fisso senza bisogno di darsi appuntamento, appena eri libero dai compiti uscivi di casa e andavi lì, ci trovavi sempre qualcuno e se per caso eri il primo ad arrivare ti bastava aspettare qualche minuto e uno alla volta arrivavano gli altri»

«Adesso invece come fate?»

«Adesso è tutto più complicato per noi»

«Intendi per via del lavoro, degli impegni e cose simili?»

«Si quelle sono cose che limitano il tempo che abbiamo a disposizione, ma il vero problema è un altro»

«Quale?»

«La paura»

«La paura? Di cosa avete paura?»

«Vedi figlio mio, la mia è una generazione che ha molti individui, forse anche troppi, che vivono la solitudine. Alcuni dicono di starci bene, francamente io non ci credo molto. Però abbiamo paura di metterci in gioco, abbiamo paura di confrontarci con chi magari può entrarci nel cuore, abbiamo paura di ciò che gli altri possono pensare di noi. Spesso cadiamo in fraintendimenti per colpa dei pregiudizi»

«Non credevo che fosse tanto complicata la vostra vita»

«Sai come la semplifichiamo?»

«Come?»

«Con Facebook. Ci dà la possibilità di sentirci meno soli senza però doverci mettere davvero in gioco»

«Papà ma è triste questa cosa»

«Si che lo è».

Un po' alla volta tra una sosta e l'altra, sono giunti a casa della mamma, il figlio vive con l'ex moglie.

«Ciao papà» scende dall'auto dopo avergli dato un bacio.

«Ciao amore».

Lo guarda entrare nel portone e solo allora rigira la macchina e rimettendosi nel singhiozzante traffico si avvia alla consueta solitudine piena di artificiali compagnie.

La sedia dell'avvocato

L'estate del 1959 era calda, esattamente come tutte le altre precedenti e meno di quelle che sarebbero venute in futuro ma Orazio questo non poteva saperlo e d'altra parte sarebbe comunque una informazione inutile.

Aveva finito il servizio militare di leva un paio di mesi prima e finalmente adesso aveva ripreso a lavorare.

Aveva fatto il giro di quasi tutte le officine della città proponendosi come meccanico, aveva sempre fatto questo lavoro fin da quando aveva lasciato la scuola al primo anno delle medie. Non era ancora un tecnico esperto ma avendo fatto tutta la gavetta d'officina si sentiva a suo agio tra chiavi inglesi, filtri e motori.

Era entrato nell'ennesima officina con ormai poche speranze, l'entusiasmo si era affievolito ad ogni no ricevuto. Ma a volte la vita aspetta che giunga il momento più buio per dare una speranza che illumina il futuro.

Infatti, dopo una chiacchierata con il titolare dell'officina questo gli offre un posto come apprendista meccanico.

«Va bene, vieni domani mattina alle otto. Ce l'hai un camice?»

«Si ce l'ho. Grazie, non se ne pentirà glielo assicuro»

«Vedremo. Vedremo»

Non avevano parlato di soldi e nemmeno di orari di lavoro, il titolare si era limitato a chiedergli il nome, l'età e se aveva già esperienza. A quel tempo chiedere quanto sarebbe stata la paga o quali erano gli orari di lavoro, sarebbe stato come sottintendere che non si aveva una gran voglia di lavorare. Funzionava così.

Da quel primo giorno trascorsero cinque anni quando Orazio decise di licenziarsi non perché fosse scontento ma per aprire una officina tutta sua.

In quegli anni era stato capace di imparare molto sui motori e anche su come si gestisce una officina, aveva un talento naturale per capire cosa non andava e come risolvere la problematica di ogni singola macchina. Era diventato talmente bravo che ormai i clienti pur rivolgendosi al titolare erano ben felici di vedere lui chinarsi nelle viscere della loro auto.

«Devo dirle una cosa»

«Ti licenzi. Vero?»

«Si, mi dispiace»

«No, non dispiacerti. Prima o poi doveva arrivare questo momento, l'ho sempre saputo. Ti vedo quanto sei bravo e appassionato al lavoro, sarebbe uno spreco se non provassi a metterti in proprio»

«Lei è stato quasi come un padre per me in questi cinque anni, mi ha insegnato molte cose e non soltanto sulle auto, ma anche sulla vita»

«Sulle auto ormai ne sai più di me, la tecnica va avanti più velocemente di quanto un vecchio come me riesca a seguirla. Per il resto, figghiu ancora hai tante cose da imparare, ne hai pane da mangiare te lo assicuro».

Ventiquattro anni, l'età giusta per cominciare a mettere le basi della vita. Quindi affittata la bottega, comprati i primi attrezzi cioè quelli di cui non si può assolutamente fare a meno e riservandosi di acquistare gli altri necessari ma di uso meno frequente e che possono comunque essere sostituiti grazie alla buona volontà, si inizia la nuova vita.

Gli anni sessanta erano tempi in cui le regole erano poche, semplici e chiare. E comunque spesso erano disattese e semplicemente ignorate.

Era più importante produrre, mettere solidità all'economia dell'Italia, ci sarebbe stato tempo dopo per preoccuparsi delle piastrelle nel bagno dell'officina.

Giorno dopo giorno l'officina cominciava a diventare sempre più una realtà. In fondo sino a tre mesi prima era soltanto un'idea nella mente di Orazio, adesso invece esisteva davvero.

I primi clienti erano prudenti nell'affidare la propria macchina a questo giovane meccanico sconosciuto, molti di loro abitavano nelle vie adiacenti.

Una mattina davanti all'officina si fermò una Alfa Romeo Giulia, gran macchina per quei tempi.

«Buongiorno. Prego, mi dica»

«Buongiorno. Sono l'avvocato Strazzeri»

«Molto lieto. Ho le mani sporche» disse Orazio porgendo il polso destro

L'avvocato gli afferrò la mano con entrambe le sue «non c'è problema, le mani sporche di lavoro non sono sporche ma colme di dignità».

Orazio sorrise più per timidezza che per gentilezza, non gli era mai successo che un "signore" si comportasse in modo così gentile e umile con lui e questo lo prese in contropiede seppure gli diede una sensazione di benessere.

«Dovrei cambiare l'olio alla macchina, ma non posso lasciarla in nessun altro momento che adesso e avrei bisogno di ritirarla entro oggi pomeriggio. Per lei è possibile?»

«Certamente, anzi se non vengono fuori problemi la macchina sarà pronta per l'una»

«Benissimo, anche se comunque potrò venire a riprenderla alle quattro in ogni caso. Ho un'udienza in tribunale oggi»

«Si avvocato, non c'è nessun problema».

Quella fu la prima macchina importante per l'officina, la più importante fra quelle che aveva già fatto, poche a dire il vero ma si sa che gli inizi sono sempre difficili.

L'avvocato Strazzeri rimase molto soddisfatto per la cortesia di Orazio e per il prezzo decisamente contenuto che ebbe a pagare. Ne rimase talmente soddisfatto che convinse diversi amici e colleghi a portare da Orazio la propria macchina. E questo fu l'inizio della vita per l'officina di Orazio.

Spesso l'avvocato a fine giornata passava dall'officina e si intratteneva con Orazio a parlare. Parlavano di qualsiasi argomento, dalla politica, alle donne, ai figli. Insomma qualsiasi cosa che venisse in mente e diventava l'argomento della serata.

Gli anni passano per tutti, l'avvocato si ritirò in pensione e ancora per alcuni anni continuò a portare la propria macchina da Orazio, man mano le sue visite diventarono sempre più distanti nel tempo, finché non si presentò più.

Era ormai troppo anziano per guidare, riusciva appena a camminare lentamente appoggiandosi al bastone; Orazio aveva preso l'abitudine di tenere una sedia vicino l'ingresso, la teneva coperta con un telo di plastica per evitare che si sporcasse e nessuno, nemmeno lui stesso, era autorizzato a sedersi, quella era la sedia dell'avvocato.

Infatti, quando passava davanti l'officina per la sua solita passeggiata, Orazio scopriva la sedia e lo invitava a sedersi.

Puntualmente l'avvocato si scherniva, «non vorrei disturbarla con la mia presenza mentre lavora»

«Ma no avvocato. Che dice? Anzi mi fa piacere scambiare due parole con lei, mi fa compagnia mentre lavoro».

Questo rito si ripeteva uguale ogni giorno, Ormai era diventata una pantomima indispensabile per entrambi e faceva da preambolo alle loro chiacchierate, che erano un'abitudine irrinunciabile per entrambi da oltre trent'anni.

Una mattina l'avvocato non si presentò all'appuntamento non dichiarato. Trascorsero diverse giornate e dell'avvocato non c'era traccia.

Orazio era decisamente preoccupato, erano trascorsi più di trent'anni dal loro primo incontro e negli ultimi cinque anni la sedia era sempre pronta per l'avvocato. Questa assenza pesava ad Orazio.

Avrebbe voluto andare a citofonargli, ma cosa avrebbe detto? Poteva dirgli che la sedia era tristemente vuota da una settimana; oppure che era preoccupato per la salute dell'amico anziano.

Quel giorno stesso un altro cliente risolse il mistero.

«Buongiorno signor Orazio»

«Buongiorno avvocato Petralia. In cosa posso servirla?»

«Devo cambiare la frizione alla macchina»

«Può lasciarla adesso? Servono due giorni per cambiare la frizione»

«Si va bene»

«Serve che la accompagno a casa?»

«"No grazie, lei è sempre molto gentile. Lo diceva sempre Strazzeri buon'anima»

«L'avvocato Strazzeri è morto?»

«Si. Non l'ha saputo? Si è spento nel sonno domenica notte»

Orazio non fu capace di dire nulla, una grande tristezza gli serrò la gola.

«Adesso vado, mi dispiace di averle dato la notizia in questo modo, ma credevo che fosse al corrente»

«Non si preoccupi avvocato. Arrivederci»

Rimasto solo Orazio si avvicinò alla sedia dell'avvocato, si sedette senza togliere il telo. Rimase seduto lì per qualche minuto, quando sentì una lacrima solcargli la guancia.

«Non sono potuto venire nemmeno al funerale, mi dispiace avvocato»

«Che ha detto signor Orazio?» Disse ad alta voce l'operaio che lavorava nella sua officina.

«Niente Carmelo, niente. Lavora».

Padre e figlio

«E tu che ci fai qui?»

«Preferisci venire tu da me? Magari ti dà fastidio che mi vedano qui, insieme a te»

«Non è questo. Mi sembra strano che dopo così tanto tempo tu abbia deciso di parlare con me»

«Proprio perché è da molto, anzi moltissimo tempo che non parliamo ho deciso di farti visita. Ho capito che se non sono io a fare il primo passo tu continuerai a rigirarti nella rabbia rancorosa. Nessun padre vuole vedere il proprio figlio soffrire»

«Vorrei ricordarti che sei stato tu a cacciarmi. È stata una tua decisione la posizione che occupo e il posto dove vivo. Cos'hai un ripensamento per caso? Ti è venuto un rimorso di coscienza?»

«No figlio mio. Non ho ripensamenti e nemmeno rimorsi»

«E allora cosa c'è? Parla. La pazienza non mi viene cosa facile, soprattutto quando parlo con te»

«Si mi sono accorto quanto sei incline alla irascibilità»

«Quindi?»

«Quindi cosa?»

«Che significa cosa?»

«Quindi che cosa vuoi? Che sei venuto a fare?»

«Credo che sia giunto il momento delle spiegazioni»

«Di quali spiegazioni parli? Che c'è da spiegare?»

«Ero convinto che una volta sbollita la rabbia iniziale avresti capito»

«Cosa c'era da capire? Mi sono ribellato a te, non ho voluto chinarmi obbediente e mi hai cacciato via. Mi hai scaraventato all'inferno e non mi hai mai cercato. Cos'altro c'è da capire? Mi sembra tutto chiaro»

«Vedi Lucifero, è tutto vero ciò che hai detto ma non hai compreso né lo scopo né tantomeno il vero motivo»

«Non vorrai venirmi a dire adesso che lo hai fatto per me? Volevi farmi un favore? Beh no. Non me lo hai fatto per niente»

«In un certo senso invece si»

«In un certo senso? Ma lo sai che hai davvero una faccia tosta?»

«In tutti questi millenni non ti sei mai chiesto perché non ci sono porte all'inferno. Credo che non te lo sei mai chiesto perché sapevi già la risposta. Sapevi che al di là della punizione iniziale tu avevi ricevuto un compito. E lo hai assolto sempre nel migliore dei modi, tranne che per un particolare»

«Che particolare? Di cosa parli?»

«Io ti mandato all'inferno non per punirti, se anche tu non ti fossi ribellato ti avrei dato lo stesso compito. Ma l'avrei fatto in modo diverso e soprattutto, tu l'avresti inteso in modo diverso»

«Ma di che parli, padre?»

«Vedi, avevo appena creato l'umanità. Anzi, diciamo meglio, avevo appena aiutato l'umanità a diventare cosciente di sé. Sapevo che alla morte ogni individuo avrebbe scelto il cammino successivo per la propria anima. Come sai non sono io a decidere chi deve andare in paradiso e chi all'inferno, sono loro stessi a scegliere il proprio destino. Quindi avevo creato l'inferno, pronto ad accogliere le anime che certamente sarebbero arrivate, ma mancava qualcuno che lo governasse. Servivano dei demoni per farlo funzionare e una autorità che li guidasse»

«Ok, sin qui hai descritto la mia vita e il mio compito. Dove sarebbe quello che non ho capito?»

«Adesso ci arrivo figliolo. L'umanità aveva e continua ad avere bisogno di qualcuno a cui dare le responsabilità. Gli esseri umani non sono capaci di assumersi la responsabilità delle loro azioni, almeno consapevolmente e finché sono ancora vivi. Di conseguenza delegano a me la scelta del destino della loro anima e danno a te la responsabilità delle loro scelte scellerate. Ma noi sappiamo che non sono io a decidere se devono andare in paradiso o all'inferno, così come sappiamo che non sei tu a indurli a fare le loro scelte di violenza e tradimento»

«Si va bene, questo lo so anch'io. Ma ancora non ho capito dove vuoi andare a parare. E francamente sto cominciando a stufarmi. Vedi di arrivare al punto. Ho un inferno da governare e non ho tempo da perdere in chiacchiere»

«Il punto è proprio questo. Tu governi l'inferno, hai fatto i demoni e li gestisci. Ti assicuri che ogni anima cattiva subisca puntualmente il supplizio che essa stessa ha scelto. Fai in modo che tutto funzioni esattamente per come deve»

«Si, ho detto che questo lo so ma ancora ti perdi in chiacchiere»

«Ci arrivo figliolo. Tu in parole povere punisci i cattivi ma non sei tu il cattivo. Il punto è che hai lasciato che gli esseri umani credessero che lo sei. Loro ti hanno descritto come la fonte di ogni cattiveria e tu non hai fatto nulla per contraddirli. Loro hanno bisogno di dare a te la responsabilità e tu l'hai accettata. È stato un comportamento molto maturo il tuo. Ma il problema è che questo lo hai rigirato nel tuo atteggiamento con me. Pensavi che ti avessi messo all'inferno per punirti, hai dato credito alle accuse infondate e ingiuste dell'umanità, quando ti descriveva come un mostro di cattiveria e hai incolpato me pensando che fossi stato io a dare agli uomini questa immagine di te. Ma non e così»

«Ah no? Non sei stato tu a definire l'inferno il luogo del patimento eterno? A me pare proprio di sì»

«Si l'inferno è il patimento eterno, ma non ho mai detto che tu sia la fonte del male»

«Già! Ma non hai mai nemmeno detto il contrario»

«Ed ecco la punizione. Non ti ho mai descritto per ciò che sei davvero. Ma purtroppo la punizione è andata oltre la previsione, perché ci hai creduto tu stesso e questo ti ha impedito di vedere ciò che sei davvero»

«E sarebbe?»

«Sei da sempre il mio figlio prediletto. La luce del mattino. Ho affidato a te il compito di maggiore responsabilità, qualcosa di gran lunga più importante rispetto a quanto facciano tutti i tuoi fratelli e sorelle»

«Ma fammi capire una cosa. Perché adesso? Perché dopo così tanto tempo, proprio adesso vieni a dirmi queste cose?»

«Il tempo è giunto figlio mio. Adesso è necessario che ognuno metta a posto le proprie pendenze»

«Il tempo è giunto? Che vuoi dire? Aspe'... non vorrai forse dire che...»
Non finisce la frase che il padre svanisce regalandogli un sorriso.

Lettera al figlio

Seduto al tavolo da pranzo, l'unico tavolo della casa, quella casa troppo piccola per una famiglia ma troppo grande per vivere solo.

Non è davvero grande, saranno circa 30 metri quadrati, ma sono sufficienti a guardarsi intorno e non trovare altro che se stesso.

Mario è un uomo che da tanti anni vive solo, troppo tempo in solitudine lascia la possibilità di pensare e quando diventa troppo il pensare si trasforma in rimpianti che nascono dai ricordi.

Sa che non vivrà ancora molto a lungo, non è malato ma stanco sì, troppo tempo carico di pesi che non avrebbe voluto, ma che ha dovuto sostenere.

La vita non dà scelta, ti impone un'esistenza e devi viverla e adesso è stanco, lo sente tutto quel peso, le spalle sono curve e il fiato è corto.

La mano tiene serrata la penna per paura di non riuscire a tenerla dritta, la sua calligrafia non è mai stata chiara così come l'ortografia è farcita di insicurezza, ma vuole scrivere questa lettera e sa che deve fare del suo meglio.

Vuole scrivere quelle cose ovvie, così come vuole scrivere ciò che non gli ha mai detto.

La mano comincia a muoversi, la penna scivola sulla carta lasciando il segno dell'inchiostro e lettera dopo lettera, parola dopo parola, i pensieri dal frullato che ha nella mente si riversano ordinatamente diventando qualcosa di comprensibile.

"Ciao, figlio mio. Immagino che ti starai chiedendo perché ti scrivo questa lettera invece di parlarti direttamente, in fondo abbiamo sempre avuto la capacità di parlarci. Ebbene, ho deciso di scrivere per due motivi, il primo è perché così ti rimarrà questo mio pensiero e potrai, volendo, rileggerlo anche fra molto tempo. Il secondo motivo è perché ci sono delle cose che non sai e che non sono facili da dire a voce, in questo modo diventa più fattibile. Ogni genitore sente dentro di sé la irrefrenabile necessità di proteggere i propri figli, ma a volte facendolo rischia di frenare la spinta a crescere della prole.

Vero è che molti degli slanci entusiastici dei giovani sono inconsapevoli utopie irrealizzabili, ma non ogni cosa lo è e inoltre a volte è bene che il giovane si scontri con qualche delusione.

La vittoria da entusiasmo e spinta ad andare avanti, la sconfitta a leggervi dentro da insegnamento e grinta a non arrendersi e rialzarsi in piedi per andare avanti e ricominciare.

Vedi figlio mio, anch'io sono un essere umano e ho commesso i miei errori, ho avuto le mie vittorie ed anche alcune paure.

Quando eri piccolo apparivo ai tuoi occhi come se fossi un supereroe, è normale che sia così. Anzi, deve proprio essere così. Crescendo hai tolto quel velo e mi hai visto come tuo padre con tutto ciò che ne consegue, almeno dal punto di vista di un ragazzo. E non sempre è chiaro e corretto questo modo di vedere.

L'adolescenza è una fase complessa nella vita umana, vorrei poterti dire che un giorno ne comprenderai il segreto, ma non è così. Rimarrà sempre un mistero in che modo si sopravvive all'adolescenza senza diventare matto o un terrorista.

Quando ti sei affacciato all'età adulta, avevi le capacità per vedere l'uomo che sono, non quello che ero stato perché rimane nel passato è relegato al tempo in cui eri troppo giovane per capire e andando più indietro non esistevi ancora.

Avresti potuto capire l'uomo che è tuo padre, ma non l'hai fatto, eri impegnato a costruire la tua vita. Non rammaricarti, non è un rimprovero il mio. È normale che tu non l'abbia fatto, succede a tutti in questo modo. È successo a me ancora prima di te. È nell'ordine naturale delle cose.

Oggi sono abbastanza vecchio per rivivere i ricordi degli anni trascorsi e nel farlo sorrido con un pizzico di malinconia. Ricordo quando guardavamo i cartoni animati insieme, erano terribili per un adulto, ma era bellissimo starti accanto e sorridere nel vedere le tue risate.

Oggi guardo programmi inutili alla televisione, so che servono soltanto a fare scorrere il tempo tra una pubblicità e l'altra, ma in fondo guardare le gambe delle ballerine non mi dispiace.

Eri tanto piccolo da stare seduto nel seggiolone e darti da mangiare era una battaglia. Per centrare la bocca con il cucchiaio ci voleva strategia, riuscivi a voltare la testa all'ultima frazione di secondo. E anche quando la centravo non era detto che trattenessi il cibo all'interno, anzi spesso era necessario ripulire le piastrelle e cambiarsi la camicia.

Ho tenuto la tua mano aiutandola a impugnare il cucchiaio, finché non lo hai imparato. Adesso mangio in silenzio guardando quegli stupidi programmi in televisione.

A volte guardo il telefono nella speranza di trovarci una chiamata persa, una tua chiamata che non ho sentito, ad essere vecchi si diventa sordi e lenti.

Quando mi chiami è come miele il suono della tua voce, mi riporta alle merende che facevamo insieme. Chiudere quelle telefonate è sempre un coltello che mi sega la gola.

A volte vieni a trovarmi, non so mai prima quando lo fai, ma so che accade soprattutto il fine settimana e allora pulisco questa casa minuscola, ma troppo grande da pulire per un vecchio.

Faccio il bagno e mi rado. Indosso biancheria pulita e aspetto. Non sempre vieni, ma non importa mi dico, serve ad impedire la mia pigrizia.

Di tutto ciò che ho scritto, sarei felice se vedessi che non c'è alcun rimprovero per te, non potrei mai essere più felice ed orgoglioso. Essere tuo padre è la fierezza della mia vita.

Ho speso quasi tutta la mia vita ormai e sento che esserti stato padre, con tutti gli errori che ho commesso, è per me l'onore più grande che possa immaginare.

Ho cercato di non limitare le tue ambizioni e quando non sono stato d'accordo con le tue scelte te l'ho detto spiegandoti il perché ma non ti ho condizionato.

Hai manifestato dei talenti ed ho cercato di aiutarti a comprenderli.

Adesso sono stanco, mi fermo qui. Tocca a te. Vola alto se puoi.

E se da tutto ciò che ti ho detto in questi anni dovessi scegliere un solo insegnamento, scegli questo: *fai di tutto per essere felice e rendere leggera la vita*. Con immenso amore, Tuo padre".

La mano gli duole per lo sforzo, ma è riuscito a scrivere in modo chiaro e leggibile.

Avrebbe voluto rileggere la lettera, piegarla e metterla in una busta, ma la vita se ne fotte di ciò che vogliamo e ha deciso che doveva poggiare la testa e lì lo avrebbe trovato suo figlio qualche ora dopo.

E quindi?

Il sole invernale non riusciva a scaldare l'aria, ma illuminava molto la strada, al punto che Marco aveva cambiato gli occhiali da vista con quelli da sole.

«Ciao Marco»

«Ciao Elisa»

«Con questi occhiali scuri hai un'aria misteriosa»

«Scusami, adesso li cambio. Li ho messi perché il sole mi abbagliava»

«No, tienili. Tranquillo, non c'è problema e poi ti stanno bene»

«Ok, grazie»

«Allora?»

«Allora? Che vuoi dire?»

«Dico: allora che hai deciso?»

«Si andiamo, non c'è nulla da decidere. Andiamo che te li presento»

«Si ok, ma gli dirai di me?»

«E che devo dire? Ti presento e basta, se poi loro hanno domande da fare le faranno»

«Ok, andiamo allora».

Mano nella mano, una coppietta di giovani che cammina, agli occhi dei passanti sono soltanto questo, ognuno cammina per la propria via incontro alle proprie cose da fare.

L'indifferenza che pervade il mondo in certi casi è una protezione, evita domande e curiosità fastidiose.

Tutto questo viene a mancare quando ci troviamo difronte ad evento che esce fuori dal consueto a cui siamo abituati.

Finalmente il portone, entrano tenendosi ancora mano nella mano. Arrivati alla porta però Marco le lascia la mano, lo fa soltanto per poter prendere le chiavi ed aprire, quel distacco però lascia in Elisa una sensazione di disagio, che dura un attimo e scompare ma che comunque la infastidisce.

«Ciao mamma, siamo qui»

«Ciao Marco. Con chi sei?» Nel pronunciare la frase si era già avvicinata all'ingresso.

«Lei è Elisa, la mia ragazza». Il viso di entrambi i ragazzi si colora un leggero rossore.

«Ciao Elisa, piacere di conoscerti»

«Molto lieta signora»

«Accomodati cara, vieni andiamo a sederci in soggiorno»

«Papà non c'è?»

«No, ma sta tornando. È andato un momento in garage a prendere una bottiglia di detersivo». Non ebbe il tempo di finire la frase che la porta d'ingresso si aprì e comparve il padre di Marco. «Ah Salvatore eccoti qua. Lei è Elisa. La ragazza di Marco»

«Molto lieto signorina»

«La prego, anzi vi prego entrambi, datemi del tu»

«Ma certo cara».

La madre non avrebbe fatto diversamente, ma riceverne la richiesta la pose nella posizione di accettare con slancio.

«Come vi siete conosciuti? Siete all'università insieme?»

«No mamma, lei lavora al bar vicino all'università, ci vado a prendere il caffè ogni giorno e così....»

«Ah ho capito»

«Offrile qualcosa Maria»

«Sì certo, cosa gradisci? Magari un caffè oppure se vuoi ho del gelato»

«No grazie signora, non è per non accettare ma non ho voglia di nulla, grazie lo stesso»

«Dai, non farai mica complimenti?»

«No no, davvero. Grazie».

Il padre di Marco guardava la ragazza con lo sguardo di chi percepisce che c'è qualcosa che non sa, ma non capisce cosa. Marco conosce gli sguardi di suo padre e coglie quella incertezza.

Squilla il telefono, la madre va a rispondere e dopo qualche secondo chiama il marito. Marco approfitta della momentanea distrazione e sussurra all'orecchio di Elisa «credo che mio padre si stia chiedendo qualcosa, ma non sa neanche lui cosa»

«Penso anch'io, ho visto che mi guardava»

«Che vuoi fare? Glielo dico?»

«Sì dai, tanto prima o poi dovranno saperlo. E così togliamo subito ogni dubbio»

«Ok amore».

Quella affermazione dei suoi sentimenti, quel semplice chiamarla amore, le diede la serenità di affrontare il momento.

I genitori di Marco erano di nuovo seduti con loro e lui prese in mano il discorso.

«Mamma, papà, c'è una cosa che devo dirvi. E voglio dirvela subito perché tanto prima o poi verrà fuori e soprattutto perché per Elisa provo davvero dei sentimenti profondi e anche lei per me»

«L'hai messa incinta?»

«No, mamma. Tranquilla. Ecco, a proposito di questo, in realtà Elisa non potrebbe mai avere una gravidanza».

Lo sguardo dei genitori era incuriosito e quasi basito da quella affermazione.

«Elisa è una ragazza trans. È nata fisicamente maschio, ma nel suo io è donna e...»

«Marco, tu l'ami?»

«Si papà»

«Elisa tu ami Marco?»

«Sì»

«E allora che problemi avete? Vedete ragazzi, un genitore che davvero ama i propri figli non è interessato a nient'altro che alla loro felicità. Quindi se voi siete felici di stare insieme, a me e a tua madre può solo farci piacere. Mi avevate fatto preoccupare»

«Anche a me, stavo già pensando a chissà quale disgrazia»

«Miii mamma tu sempre alle disgrazie pensi»

«Sono mamma è normale che lo faccia».

I ragazzi adesso sono di nuovo per strada, mano nella mano e passeggiano verso il prossimo incrocio.

Riposa

Luigi cammina su quel marciapiede che costeggia il mare, ma non lo guarda il mare. Non lo vede nemmeno.

Non ci pensa al mare, ha il cervello troppo occupato dal dolore.

Se qualcuno degli altri pedoni lo guardasse in faccia vedrebbe quel fiume di lacrime che gli solca il viso prima di lanciarsi nel vuoto sino a schiantarsi sull'asfalto.

Questo è il suo umore, si sente schiantato, privo di forza cammina senza meta perché non può fermarsi, se lo facesse non avrebbe scampo, il mondo vedrebbe il suo dolore e lui non lo vuole questo.

Non vuole che il mondo lo veda perché è suo, non lo vuole condividere con nessuno. È suo soltanto, è l'ultima cosa che gli resta di Piero. Vuole conservarlo tutto per se questo dolore, come se fosse un regalo prezioso.

Non vuole la compassione e nemmeno il conforto di nessuno; non vuole vedere quegli sguardi addolorati e pietosi.

Piero è suo figlio, suo soltanto e anche il dolore è suo soltanto.

Sente ancora l'odore di disinfettante di quell'ospedale, ha ancora il bagliore di quelle luci bianche al neon.

Strano come la mente si concentri su cose senza importanza nei momenti di maggiore dolore, si rende conto che di quel lenzuolo piegato in modo asimmetrico non gli frega un cazzo, eppure continua a guardarlo finché non è il dolore a riportarlo alla realtà.

Volta lo sguardo e ritrova quel corpicino inerme, incapace di alzarsi e tornare a correre inseguendo un pallone, quel mostro bastardo ha catturato suo figlio e lui non può liberarlo.

«Papà fa male, ma tu non piangere»

«Ci provo tesoro, ma sai, non sono molto bravo a...»

«Tranquillo papà, guarda la mia testa che sembra una palla per quanto è liscia, dai che ci abbiamo riso insieme».

«Quando esci da qui andiamo a...»

«Si papà, quando esco da qui. Però vai tu perché non credo che io potrò. Mi sento parecchio stanco papà. Tutte queste punture, tutti i dottori ci provano a fare piano, ma mi faccio male lo stesso. Scusami papà ma sono stanco, voglio dormire, fammi riposare, che magari dopo...»

«Si figlio mio, dormi. Chiudi gli occhi e riposa».

Gli occhi del piccolo restano chiusi e quelli del padre annegano nel dolore.

Printed in Great Britain
by Amazon

32486859R00030